大阪市内の居酒屋にて。
注文はいつも「焼酎湯割り」。

JN109024

前田咲二の川柳と独白

たむらあきこ 監修
Tamura Akiko

新葉館ブックス

日本通運で発行していた文芸誌「日通文学」と「文化」。咲二は「炸二」名で短歌を寄稿。

㊨「大樹」（昭和23年3・4月号）と㊦「玉藻」（昭和28年7月号）。「玉藻」には前田鳴仙名で虚子邸を訪ねた小文が寄せられている。

「紫烟荘」にて。瓦版編集部。
（左から4人目、広瀬反省。6人目咲二）

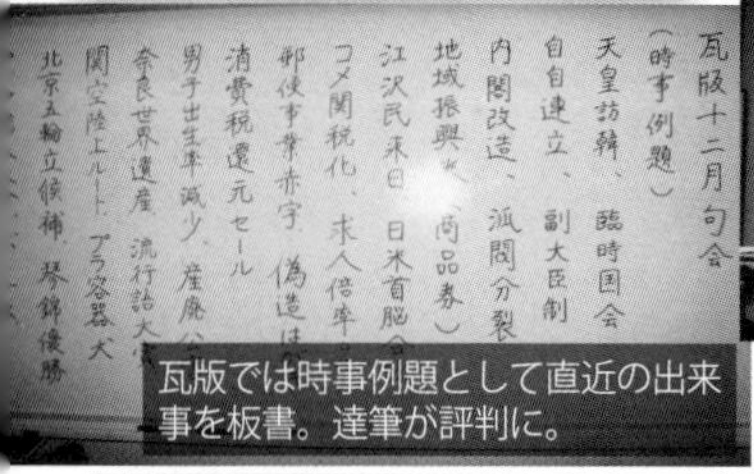

瓦版では時事例題として直近の出来事を板書。達筆が評判に。

瓦版句会にて、披講中の咲二。
（平成８年頃）

2

大正

15年　10月15日、現在の和歌山県新宮市に生まれる。本名・作自。

昭和

11年　父（俳号・芋仙）に連れられホトトギス派の句会や吟行会に参加。

18年　旧制新宮中学卒業後、江田島の海軍兵学校に入校（12月1日）。75期。

20年　終戦による閉校のため新宮に帰ったあと、県庁にて卒業証書を受け取る。

北山河主宰「大樹」に鳴仙の号で所属。

30年代　日本通運吹田支店への転勤により大阪府寝屋川市に転居。

毎日新聞の俳壇や歌壇に投稿を始める（昭和35年度下半期毎日歌壇賞、昭和38年度下半期毎日歌壇賞を受賞）。

川柳瓦版の会、創立40周年記念で淡路島へ。

第17回和歌山県川柳大会にて、監修のたむらあきこと。（平成21年）

出版社にて、作品チェックをする咲二。

平成

40年代

日通文芸誌「日通文学」（日通ペンクラブ発行）、「文化」（日通大阪支店文芸部）などへ「炸二」の号で短歌を寄稿。

50年代後半

新聞投句（川柳）開始。

関西各地の句会や大会での入選率の高さからすぐに頭角を現し、一目置かれる存在になる。

職場を通じて「世界運輸新聞川柳会」を創立し、世界運輸新聞内に投句欄を設ける。

00年

番傘川柳本社句会にて上野楽生氏ら有志が年間入選数から番付表を作成。〈横綱〉と称され、達吟家としての名声を得る。

19年

7月、川柳瓦版の会会長に就任と同時に、読売新聞関西版「よみう

平成20年から句会場は大阪市中央公会堂へ。㊨選者席で句を書く咲二。㊦瓦版句会出席者の皆さんと。前列中央・咲二。その向かって左にたむらあきこ。（平成22年2月）

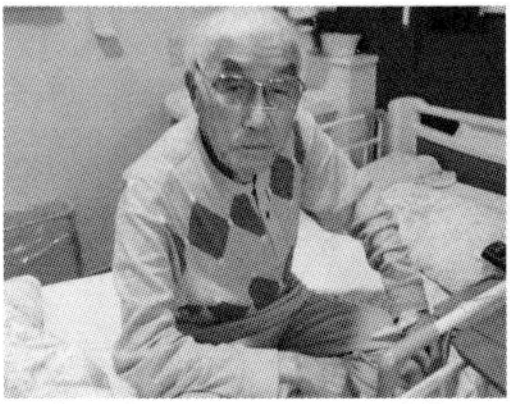

平成28年12月18日　入院先にて。

平成28年1月6日　淀屋橋の「ミュンヘン」にて森中惠美子氏と。

平　成

り時事川柳」欄選者、「川柳マガジン」時事川柳欄の選者。

27年　瓦版以外の句会や大会への出席も徐々に控えるようになる。
「川柳マガジン」時事川柳欄選者を退く。

28年　瓦版句会出席は11月句会が最後。

29年　「川柳瓦版」3月号を最後に発行人を勇退、後進に会長を譲る。
「川柳瓦版」誌上句会の「咲くやこの花賞」には8月20日締切の第7回まで入選作品に名前を並べていた。
9月27日19時57分、寝屋川市内の小松病院にて食道がんにより逝去。享年92。

はじめに

前田咲二先生の本名は前田作自。大正十五（一九二六）年十月十五日、紀伊半島の南、新宮で生まれる。銀行の支店長をされていたというご尊父急逝のあと、助産師のご母堂の手で育てられる。旧制新宮中学卒業後江田島の海軍兵学校に入校、七十五期。敗戦により閉校が決定したため、急遽卒業式を行い、七十五期生には卒業証書を、それより後の生徒には修了証書が与えられたといいます。終戦当時先生は一号生徒（最上級生）。ぎりぎりで命ながらえられたが、多くの先輩俊秀を戦地へ見送られました。先生に《全員整列特攻志願一歩前》という句があります。瓦版句会のあとなどにときどき当時の生活についてのお話を伺うことがありました。

言うまでもないことですが、先生は短詩型文芸の鬼才。川柳の前にも、三十代前半から俳句や短歌を毎日新聞に投稿、年間賞である歌壇賞を二回受賞しておられます。短歌ではなんと特選数七十句、俳句もほぼ同じくらいという驚異的な結果を残されました。日本通運を退職前後に始められた川柳においても、〈東の横綱〉と称えられました。句は味わい深く、読むほどに「前田咲二」という〈にんげん〉の虜になってしまうような、そんな飾らない魅力があります。

先生は最終的にご自分の句集を出されないつもりでした。わたしの勧めを、どういうわけか「もう、言うな」とさいごに止められた。しかし、句集を出されるつもりだった時期の先生のご様子を憶えているだけに、やはり遺句集は出さないとと思ったのです。

先生はご自分の句の中に〝思い〟らしきものをなんとなく残しておられる。次の三句が理由なのか否か、わたしにも分かりません。

人波の中に写楽の顔がある
主役にはなりたくないという写楽
写楽のように上手に影を消せないか

令和元年九月四日　　たむらあきこ

前田咲二の川柳と独白 ■ 目次

はじめに　5
川柳マガジン
「柳豪のひとしずく」より　11
だんだん熱くなる　25
包んでほしい　57
時事川柳　79
あとがき　92

前田咲二の川柳と独白

川柳マガジン

「柳豪のひとしずく」より

四季の花いっぱい挿したあばら骨
自画像に焼酎お湯割りを飾る
わたくしの干潟が満ちるまで遊ぶ
遊ばれているなと思いつつ遊ぶ
黒木瞳が死んでと言えば死ぬだろう

茜色の空を手繰っている夕日

寿命との追っかけっこはやめにする

モザイクをかけて余生を漂わん

ちらほらと春の訃報に紛れんか

いい人生でしたと母に言うつもり

柩の中で顎が外れるほど笑う

十一桁をわたしの戒名にしよう

男ひとり皿を汚さぬように食う

日本語はいいね「一杯やりますか」

信号の赤にまたかと睨まれる

行方不明の刻を聚《あつ》めている夕日

円周率3では丸くなれぬ月

天皇家にも言い分があるだろう

靖国参拝するしないするしないする

少年兵の骨も藻屑と呼びますか

靖国で会う約束があるのです
切っ先をいつも自分に向けている
落日よときには叫んだらどうだ
水の底を水が流れている輪廻
ヒロシマの焦土を踏んだ足のうら

解凍すると直立不動が出てきた

大正の背筋を正す御名御璽

別の女が左手を引っ張っていた

どの枝も首を吊るなと言っている

真っ正面に父が立ちはだかっている

子も嫁も孫もぼくより背が高い

九条に絆創膏が貼ってある

目を入れてからの達磨が眠たそう

若い女と妻を見比べたらあかん

三十分おきにトイレへ行く彿

傘寿われ弓に金鶏《きんし》を止まらせる

ブーメラン戻らなくてもいいんだよ

自分への追悼文を書いている

晩年二十五句

戸の外で秋が行列しているぞ

どぜうはいますかコウノトリ棲めますか

街の断面どこにもにんげんがいない

面を脱ぐぽとりと夢の落ちる音

エチゼンクラゲとの気の抜けた闘い

猛暑にクーラーもつけず、網戸のすき間から入ってくる虫と共棲。まるで仙人のような暮らし。第一級の川柳作家・選者として川柳と日々格闘しておられた。「句は、つくったらあかん」と言われた前田咲二師の晩年の二十五句。

毎日が勝負まっ赤な服を着る

着ていないような着ているような服

もういいと神が言うまで繁ります

アングルの違いに星を撒いておく

ざわざわとわたしを削る音がする

蕗筍やさしい色を食べている

老いの目に優しい色を溶く四月

上を向いて歩こうさくらからさくら

パントマイムの手さぐりに無駄はない

嘘発見器が笑い出すまで嘘をつく

独りのときぐらいは狂わせておくれ

手のひらに掬うと砂はよくはしゃぐ

積み上げて崩してわたくしの独り

お笑いくださいい涙あふれて止まらない

天国の糸も地獄の糸も切れ

晩年二十五句

ストライクゾーンへ投げる美辞麗句

追いついてくれる速さで逃げている

ほっぺたに日の丸みんな女の子

ひとは何と言おうが毘沙門天の頬

沖の火のどれか一つは父の舟

だんだん熱くなる

平成4年

十字架に父の美学が掛けてある

年金の暮らし無題の風が吹く

津軽三味ひびけば雪が湧いてくる

ちびた鉛筆を上手に削る父

穏やかに父を奪った海がある

犬と目が合う木枯らしの街角で

平成5年

暗夜行路 書いた小さな机だな

兵馬俑の響き聞こえるときがある

なんにんの男となんど見た虹か

微笑めばほほえみかえす埴輪の目

平成6年

前月号の巻頭言で、新聞川柳について、過激な政治批判や特定対象の攻撃、公序良俗に反する句は、新聞社が採用しないということを書いた。新聞社が没にするケースはもう一つある。これは新聞川柳に限ったことではないが、類似句と二重投句である。

（「川柳瓦版」平成20年6月号）

人形の傷みはわたくしの痛み

敵艦をめがけて落ちていった火よ

女とは美しきかな阿波踊り

くらがりに父が居そうな古時計

橋渡るまでは確かにあった虹

平成7年

戦艦ヤマト地球は青い色でぬる

過労死を夾竹桃は知っている

みかんがのっている母さんの置き手紙

七人の敵へ七つの意地がある

来年の花をいっぱい胸に蒔く

脳細胞は一日で二十万個ほど減るという。私の脳細胞も随分減少し、新聞に載った句をすべて記憶することはできないが、新聞社のコンピューターは過去の入選句をしっかり把握している。

一句でも多く載りたい気持ちはわからぬではないが、盗作、二重投句だけは決してしないでもらいたい。

（「川柳瓦版」平成20年6月号）

よろこびが爪の先まで咲きこぼれ
わたくしを抱いているのは神だろう
一汁一菜こころに守るものがある
美しい嘘だな騙されてやろう
ひとりの部屋で夜を一枚ずつ剥がす

平成8年

川柳瓦版の会創始者、岸本水府師は、川柳に三才（天、地、人）、五客などの序列をつけることや、秀句に賞を付与する行為を戒めた。同師を始祖とする「番傘川柳」では、本社は言うに及ばず、傘下柳社でもその掟を厳しく守っている。

当会も、今までその教えを順守してきたが、昨今の川柳界における高齢化とマンネリ化が招く退潮現象は、各地句会の存続を脅かしており、当会もその例に漏れるものではない。今回、敢えて「賞」の新設に踏み切っ

雪の上にふんわりと置く花手桶
たったひとりの岬に海が広すぎる
激情のぼくを仏と人は呼ぶ
一年の半分ほどを酔っている
鬼になり切れず仏になり切れず

平成9年

たのは、作句意欲を高め、一人でも多くの人々に川柳の楽しさ、歓びを味わっていただきたいがためである。水府師も、「もういいだろう」と許してくださることと思う。

「釣りはヘラ鮒に始まり、ヘラ鮒に終わる」と言う。私は、「川柳は時事吟に始まり、時事吟に終わる」と考えている。あなたの目が捉えた「今」を、「平成の時事吟」を堂々と世間に発信していただきたい。

（「川柳瓦版」平成20年9月号）

古人形二つが凭れ合って生き

窓を開け放つ鬼にも仏にも

一人隔てて美しいひとと居る

従いてくる妻も自分の旗をもつ

辞書にそう書いてあったと譲らない

平成10年

大切なひとの誇りを大切に

神童と呼ばれた頃の賞状だ

奥の手に鬼を一匹飼っている

浅いえにしで葬列の末に居る

悪友がいまでも妻に惚れている

一つは関東と関西では時事川柳そのものに違いがあるということだ。関西の時事川柳は文芸的、間接的に丸く表現するという傾向が強いが、関東では表現のうまさよりも事件事象に対する感情を端的に訴えることに主眼をおいている点である。

（「川柳瓦版」平成21年4月号）

近松の浪花ことばに逢いにゆく

千の手に千の閃き千の迷い

さくらさくら亡母にもあげる小盃

誘われやすい左を叱る右の耳

二人から二人に戻る蕎麦枕

繁殖はトキの流れに身を任せ

また負けた「知事」に乱れる民主党

トキの流れに身を任せは、テレサ・テンの代表歌「時の流れに身を任せ」をもじったもの。「知事」に乱れるは千々に乱れるのひっかけ、このような句を作ってはいけないと先輩から教えられ、後進にも伝えてきた。

あの頃にあの句を詠んだ鶴彬

焼き芋を包むやっぱり新聞紙

馴れそめも別れも傘は知っている

人間の弱さ背中に夜叉を彫る

流されているとわかっていて流れ

長年に亘って同欄の選を担当された尾藤三柳氏が、体調を崩され三月末日をもって選者を退かれた。選者が替わると選句の傾向も当然変わることは重々承知しているが、前掲のような句を見せられると同じ「よみうり時事川柳」の選者としてつなぐ言葉がない。

（「川柳瓦版」平成21年4月号）

教会で会った男と寺で会う

唇の動きをじっと聴いている

夕焼けと約束のある鬼瓦

卵割る 男ひとりの音で割る

秋を逢う訣れことばをてのひらに

先ず、時事川柳の定義であるが、「川柳総合辞典」（昭和五十九年、雄山閣発行）には、「時事の『時』は現在、『事』は客観的事象で、時事句とは、眼前に生起するアクチュアルな（現実の）事象を、ある限定された時間の中で捉えた句」と記載されている。つまり、毎日ニュースで報じられる事柄を、時期を

環状線の秋を一駅ずつ拾う

ソムリエの指やわらかく持つグラス

紀伊國屋にいっぱい置いてくる指紋

気心を許し外濠埋められる

嫁の手へ渡すややこのお年玉

平成11年

失することなく詠むのが時事句だと言っている。ここで言う事象とは、政治、経済、国際、文化、スポーツ、事件事故等いわゆるニュース全般を指している。私が言いたいのは、事象にはこのほかにも、四季折々我われの身辺を去来する些事雑事も含まれるということである。

（「川柳瓦版」平成21年10月号）

餅箱へ転がす餅が生きている
あくびした口から逃げていった運
首に掌を添えて痴呆の母を抱く
これ以上省くとぼくが居なくなる
鍵束を外れたがっている鍵だ

天辺を争う百舌鳥を噛えるか

主役にはなりたくないという写楽

投げ返すことばを一つずつ磨く

黍団子すこし大きくして誘う

騙し絵の中にかくれているわたし

九月二十六日、第十八回和歌山県川柳大会があった。和歌山県（新宮市）は私の郷里で、久しぶりの帰郷の想いがあり、また三宅保州さんの口利きで「咲くやこの花賞」に参加していただいた方々にお目にかかる楽しみもあって出不精の私が早起きをして出かけた。出席者二四八名。句会の中で入選呼名するこの方達の名前を聞きながら、身内の者が学校でよい成績を取ったような幸せな気持ちに浸った。

（「川柳瓦版」平成22年10月号）

一枚のハガキと響くものがある
一城の主で米を研いでいる
飲めぬのにお酒の席にいてくれる
流木を拾って塩を焚いた日よ
人柄がふわりと句碑の字に遊ぶ

あれ以来 箱は小さい方を取る

人間の哀しさ人の裏を読む

指人形の感謝は指を深く折り

真剣な嘘 真剣に聞いてやる

見舞うたびどなたですかと老母が訊く

一匹は一匹 蟻も人間も

くろもじで甘い言葉を切り刻む

運のない男へ鳩が寄ってくる

宇宙から交響楽が降ってくる

ひょっとこの仮面の裏が濡れている

柏原幻四郎さんから川柳瓦版の会会長と「よみうり時事川柳」選者の仕事を引き継いだのが平成十九年七月だから、今月で丸四年になる。この間、「時事川柳瓦版賞」の導入、誌上競詠「川柳咲くやこの花賞」の新設など新しい企画に次々と取り組み、唯馬車馬のように突っ走ってきた。これからは少し歩調をととのえたいと思う。

ところでこの「川柳咲くやこの花賞」であるが、平成二十二

やりたいことまだ半分という受章

光にも闇にも融けている壷だ

番号順に並ぶと男おとなしい

終止符を打つ木枯らしの吹く街で

人間を測る数字が多すぎる

年二月号瓦版誌の巻頭言に書いているように「瓦版の本道はあくまでも時事川柳であることに変わりはないが、会員の中には一般川柳の勉強もしてみたいという声があり誌上競吟を行うことにした。一般川柳の研鑽が、時事川柳を詠む上で少しでもいい栄養になるのであればこれに越した喜びはない。」というのがその主旨である。

（「川柳瓦版」平成23年7月号）

懲りもせず恋のパズルを埋めている

幽玄につながる莫山の一だ

熟考の時間が盤を熱くする

生きていく狼煙いくつも抱いている

花手桶 妻の知らない墓がある

平成12年

犬も男も行方不明になる広場

岸を離れて声上げている流し雛

遺言に火種を一つ入れてある

泡は吐き終った潮が満ちてくる

一枚の紙が翼をくれました

右の手に憧れている左の手

五十年 まだ殴られる夢を見る

終の眠りは消燈ラッパ聞きながら

あじさいに父を奪った海がある

落日の破片 漁っている野犬

「よみうり時事川柳」には月間約二千通（六千句）の投稿があり、その中から毎日五句が選ばれる（入選率二・五％）。大変な厳選である。惜しい句を没にすることも少なくない。投句者が没句を他の句会に出句しても一向にかまわないと私は思う。A句会で没になった句がB句会で秀句に選ばれたという話はよく耳にする。選者も十人十色、好みもまちまちだから、そのようなことがあっても少しも不思議ではない。

（「川柳瓦版」平成24年6月号）

いざというときには太くなる絆

ひまわり整列 号令かけてみたくなる

だんじりが派手に壊してくれはった

人脈の端でやがてを待っている

群がって柩のぞいている 他人

内湯から外湯へ月が美しい

次の世もめぐり会いたい友ばかり

好きでんがなとめんどくさそうに言う

少年兵を語ることばが熱くなる

もう一度だけと自分をまた許す

約束を二十一世紀へ結ぶ

竜宮に何か忘れてきたようだ

こみ入った話 畳の部屋を借る

えんぴつで重い答が書いてある

灰皿に折った名刺が捨ててある

新葉館出版発行「川柳マガジン」誌に時事川柳欄がある。尾藤三柳氏と私の共選で、毎月六〇〇人を超える投稿者の中から五四句（特選一、秀作三、佳作五〇）が選ばれるという厳選である。瓦版の会員や知友からも多数の応募がある。最近号から特選と秀作句を拾ってみた。

二〇一二年十一月号

（特選）
国民の声を聞くから決まらない　　永井　尚
（選者評）かってこの欄で〈老人は死んでください国の

かさぶたの下で疼いている未練
躓いた話を聞きたがる耳だ
紀伊國屋でときどき夢を補給する
太陽に恥じることなどない十指
前略と書いて想いがほとばしる

平成13年

ため〉という句が物議をかもしたことがある。この句も表現が過激で反論を呼びそうだが、作者は決して国民の声を聞くなと言っているのではない。民意にかこつけて決断を先送りする政治を責めているのだ。

（秀作）

尾木ママの顔が男に見えてくる　　田岡　弘

（選者評）大津市のいじめによる中学生自殺問題で、市は「第三者調査委員会」をたち上げた。尾木ママも委員

孫がグーばかり出すから出すハサミ

笛吹いて踊らぬ部下の数を読む

催促じゃないがと催促がきつい

幕間の馬が煙草を吸っている

軽口は叩くが本心は見せぬ

の一人。そう言えば近頃、何となく男らしくなってきた。

二〇一二年九月号

(特選)

中国の大陸棚が伸びてくる　　上野　楽生

(選者評) 海洋資源をめぐって中国の触手が伸びている。東シナ海(尖閣諸島)然り、南シナ海(東沙諸島)然り。そのうち南鳥島も中国の大陸棚だと言いかねない。

(「川柳瓦版」平成24年11月号)

もう一人のぼくが女の方を見る
閃光を見た目がヒロシマに集う
盗った盗られた言うほどの人やない
犬も猿も雉子も職安に通う
足裏を見せて淋しい逆立ちだ

とうちゃんの直した屋根が漏っている

両の手を両手で包む仲直り

盃の菊の御紋に浮く昭和

手裏剣が赤絨毯に落ちている

傷口を素手でさわってゆく他人

今は亡き小西幹斉さんと中山おさむさん。それに私を加えた三人を〝三悪人〟と名付けた人がいる。中山おさむ句集「きずな」に中林酔虎さんが次のように書いている。「句会後の懇親会で（おさむさんは）決まって焼酎お湯割りで、前田咲二、小西幹斉の両氏もこの酒の愛好家である。伝え聞くところでは、この三人を平成の三悪人と言うらしい。咲二さんの悪人は全く異論はないが、あとのお二人にこの名前は少し酷の様だ。多分年

激流のおとを宿している 雫

生きていることがときどき重くなる

何を待つわけでもないが生きている

渦の目の一つ一つにある主張

噴水のてっぺん秋に触れている

齢も似通って、抜群に川柳もウマい三氏を羨望しての事と思うが、名付け親は神明に誓って私ではない。」他人の句集の中で何で私がぼろくそに言われるのかよく分からないが、酔虎さんも悪の仲間だからまあ許すとしよう。

あたかも今日はお彼岸。はからずも親友、小西幹斉、中山おさむご両人のことに触れて心が弾んでいる。小西幹斉句集「にんげん」、中山おさむ句集「きずな」を繙いたついでに何句かを拾ってみる。

うまそうにわたしを皿に盛りつける

人波の中に写楽の顔がある

髭のないビンラーディンとすれ違う

償いに鱗一枚さし上げる

美しい日本語 声を上げて読む

小西 幹斉
にんげんも鬼も梯子をのぼりたい
牛が鳴く平和にまさるものはない
ライオンを一匹放つ原稿紙

中山おさむ
妥協する紙は四ッに折りたたむ
爪を切る余ったわたし切るように
二足のわらじ履いて世間を広くする

（「川柳瓦版」平成26年10月号）

つばき沈丁みんな痛みを抱いている

一度だけ女と泣いたことがある

亡父に似た柱時計に叱られる

砂時計の砂がだんだん熱くなる

包んでほしい

クラスメートの駅長室を先ず覗く

平成14年

ほんまのとこどないですねんえべっさん

嗚《あ》呼《あ》という形で立っている仏

一生のどこを切っても母がいる

申告には向かぬめでたいぼくの顔

ハトもスズメもおいでわたしの日溜りに

朝の駅 みんな存在感がある

宴半ば 味方の数を読んでいる

互角の切っ先が炎を上げている

ポケットで怒りを握りしめている

瓦版に限らずどこの句会でも最近出席者が激減している。柳人の高齢化が主な原因だと思うが、句会のマンネリ化も大きな要因であることは間違いない。

（「川柳瓦版」平成20年1月号）

大空をいま響かせている夕日

何人の女と握り交わした手

雑草の花をよろこぶ 仏さま

本流に乗ると闘志が痩せてくる

誘うように誘っていないように言う

ほんとうの仲間が残る三次会

ピカソ展顔半分が痒くなる

影踏みの影が私を踏みたがる

通帳の残が慌てているようだ

祀られる石と踏みつけられる石

私は「時事」をもっと広義に解釈している。昨年11月号の本誌にも書いたが、現在を生きているあなたの生活そのものが時事である。「いま」のあなたの挙手、一投足を5・7・5に詠み上げていただきたい。

（「川柳瓦版」平成20年3月号）

蛇口から飲む　少年のように飲む

川に問い川に答えて生きている

八月忌おんなは美しくなった

連れてやれなかった旅へ亡母を抱き

エプロンの妻も座って見る花火

大和魂にいくさのシミがある

しゃれこうべ　みんな祖国の方を向く

切り取り線の上を歩いているふたり

拉致無残　ハングル文字の着く渚

鉄削る音も寂しくなった町

写真集こっそり見てる紙おむつ

カマキリの雄の形で死んでいる

人生の半分ほどは酔うている

母ちゃんが泣くので屋根を下りてやる

千の手の一つ一つは淋しい手

沢山寄せられた「母の日」の句の中からこの句を選んだが、新聞社からの連絡では、二年前に同じ人の同じ句が新聞に載っているという。調べてみると、平成18年5月18日のよみうり時事川柳に載っていた。選者は前任の柏原幻四郎さんである。ご丁寧なことにこの作者は、その後もう一度、同じ句を投句してきている。前の選者に通った句が新しい選者に通らぬ筈がないとでも思っているのだろうか。

（「川柳瓦版」平成20年6月号）

生かされているなと思うときがある

狼がうすいお湯割り飲んでいる

雪ひらりひらりわたしが遠くなる

靖国の神が薄目をあけている

父の追憶に溢れるものがない

平成15年

竹を編む幽かな音の中に居る

箱を出て息ととのえる内裏雛

いつまでも咲いているから嫌われる

ふるさとは地酒にぶつ切りのまぐろ

日本の顔でうどんを食べている

不親切な方の女に決めました

人間魚雷にも番号がついていた

枕裏返して夢を裏返す

天国と地獄の真ん中で踊る

名工の炎が揺れている茶碗

手始めに鯛と鮃の首を切る

半分は光で半分は闇だ

老母が来たらしい冬菜が置いてある

左から右へ上手に抜ける耳

一歩前へ出た順に発つ特攻機

俳句に比べて川柳のいいところは、柳社間の交流がさかんなところである。隣の、そのまた隣の県にまで足を運んで句会に出席する。

ところが、「今日の選者はどうも」という声を耳にする。自信を持って作った句が没になったというのだ。選者はベテランで

はるの酒 喉に挨拶して通る
恩のある人と自轉車二人乗り
切り口に憎しみすこし愛すこし
紛争を載せて回っている地球
何を書くでもない春の墨を擦る

平成16年

選句眼のしっかりした人ばかりとは限らない。柳社によっては会員の中から予め順番に選者を割り当てているところがある。そうしないと会員を辞めてしまうからだ。
悪貨は良貨を駆逐する。かくしてだんだん川柳をつまらないものにしてしまう。

（「川柳瓦版」平成21年3月号）

人を救う数字と人を斬る数字

あとすこし神に無心があるのです

父を送り母を送って雨を聞く

紙ヒコーキ 争いのないあたりまで

海峡の谺は亡父の声になる

いい友に囲まれている顔の艶

杜氏唄しみて日本一の酒

イラクから還る命と往く命

受けてごらんぼくの剛速球の愛

壬生狂言の声なき声に酔うている

選者の問題は、ひとり小集の句会に限ったことではない。権威ある大会でも首を傾げるような選者の名前を目にすることがある。川柳を盛んにするのも駄目にするのも一に選者と、その選者を選んだ団体（結社）に責めがあることを心に銘ずべきである。

（「川柳瓦版」平成21年3月号）

締め切りが迫ると猫もおとなしい

バンザイの声を忘れていない 耳

あんさんの影も薄いやおまへんか

納棺の枕は海に向けてくれ

顔洗う水打ちつけて打ちつけて

会長が変わっても、時事川柳「瓦版」の精神は何も変わるものではない。各先達によって拓かれた一本の道を唯黙々と進むのみである。願わくは諸兄、諸姉。老骨に優しい鞭を打たれんことを。

（「川柳瓦版」平成19年7月号）

ぼくを焼くけむりは花の咲くように

八月の死者よたっぷり水を飲め

喚呼《かんこ》の声そして笑顔が還らない

紀伊國屋に立つと時間が消えている

花束を投げると波が寄ってくる

那智開運暦を肌身離さない
竹を割る竹を編む竹生きている
自動車は駐っているとおとなしい
大好きと書いて嫌いと書いて消す
五穀豊穣この日本を愛し抜く

伸び切った輪ゴムの中に妻と居る

ポンプで汲む水が踊っていた頃よ

兄ちゃんと同じ皿とる回りずし

笑ってごらんきっと相手も笑うから

美しい嘘も柩に入れてやる

川柳瓦版は同人誌である。同人ひとり一人が自分の作品を展示するための広場である。自選句を発表するつもりで個性に溢れた句を詠んでほしい。同じ時事を詠んでも、詠む人によってこんなにも違うのだという句を見せてほしい。選者としてできるだけの協力をさせていただく。

（「川柳瓦版」平成19年9月号）

唇を読み眼を読んでいる介護
河馬が口開けるわたしも口開ける
ひよこはや闘う姿勢もっている
四月の街もゴミの袋も輝くよ
言い勝った方も疼いているだろう

平成17年

星条旗 星の数ほど核の罪

好きにしなさいと庇ってくれている

わたくしの裏をきれいに掃いておく

あすも目がきれいに開きますように

師を囲むみんな幼い顔である

時事川柳は嘘を詠んではいけない。真実をいかに感動深く読者に伝えるかを常に心がけていただきたい。

（「川柳瓦版」平成26年6月号）

包んでほしい鯨幕でもいいんです

時事川柳

まずまずと言おう総理も支持率も
法相へいのち縮める死刑囚
ヘルメットつけて娘と寝ています
校庭を防音壁で囲もうか
アイムソーリーぐらいは言ってほしかった

瓦版平成19年11月

「六甲颪」歌う「いけ面」の「ニート」

虐待はされぬが優しくもされぬ

安倍のプッツンと小沢のプッツンと

瓦版平成19年12月号

消費税双六 上がり近くなる

素人の方を選んだ大阪市

万能細胞歯の再生はできますか
名は但馬生まれは佐賀にござります
行きつけに三ツ星という縄のれん
「地球の出」地球はやはり美しい
原油バブルはじけるときがきっとくる

瓦版平成20年2月号

消費者へ「消費者庁」という揉み手

かわいい七つの子が笑っている府政

ケータイを見ている婆さんを見ている

フリーハグとはうまい手を考えた

朝青龍も高見盛も要るのです

凍土というパンドラの箱解けはじめ

審議拒否お気のすむまでやり給え

平和ぼけ兵隊サンモオナジデス

ゆとり脱ゆとり子供はそっちのけ

ママチャリは三人乗りがよく似合う

瓦版平成20年4月号

庶民にはクエでもアブラボウズでも
いいですね宇宙16日の旅
後期高齢もう面倒はみきれない
五大陸往く太陽の火の孤独
あそこまで人は貶せぬ予備選挙

瓦版平成20年5月号

ニッポンの隙をうかがう危険部位
大弁護団とは何をする人ぞ
競艇に10億円も使えるか
いまのうち楽しんでおくタイガース
一つ違いでおまえは前期高齢者

戦略的互恵ことばを弄ぶ

目を凝らし読む木簡の万葉歌

崩落の一部始終を見ています

自給率上げる魚を釣りにいく

首はまだついているかと風に訊く

瓦版平成20年6月号

定位置と呼ばれたころのトラが好き
五つ若ければわたしもチョモランマ
アメリカがそろそろ自立せよと言う
環境保護にもしてよいことと悪いこと
マグロイカウナギと好きなものばかり

瓦版平成20年7月号

吸わないが千円はちとひどすぎる

ビールおつまみそれに美人の運転手

老いひとり冷やし麦茶の作り置き

語り部も傘寿空母の名を忘れ

写真デハ世界ノマンナカニ日本

瓦版平成20年8月号

支持率へ洞爺湖の水冷たすぎ

漁り火の見えぬ端居がまだ続く

想定内でしたか二年六か月

肥後守は子どもの必需品だった

橋下知事の菓子は甘いかしょっぱいか

萎えてゆく目にくっきりとキノコ雲

あとがき

平成十九年八月。初参加の大阪の展望句会で、瓦版の会会長になられたばかりの前田咲二先生に同郷（和歌山）ということでお声をかけていただいた。それがきっかけで瓦版句会への出席、同人になることを熱心に勧めていただいたのである。時事川柳を詠むつもりはなかったので何度もお断りしたのだが、先生の熱意に負けた。

「後継者として、時事川柳の勉強をしてもらいたい。交通費も同人費ももつから、来てくれるだけでいい」と、当時のわたしにすれば大先生からのもったいないお申し出だった。それからしばらくして、現代表（当時編集人）と三人の席で「どちらかが後を継いでくれ」という話をされたのである。お気持ちにお応えしようとも思っていたのだが、いくつかの理由で断念するに至った。

いまとなれば、瓦版の会所属の足かけ十年を大切にしていただいたと申し上げるほかない。編集同人として会を懸命に支えたのは、先生のこころざしにこころざしで応えさせていただいたということ。変わらず信頼を寄せていただいたことには感謝のことばしかない。

かつての番傘川柳本社句会には番付表が作られていた。番傘川柳本社句会の歴史のひとコマとして、興味深く見逃せないものである。次にそのごく一部を転載。句会での年間出句数は一四四句。前田咲二師と森中恵美子師両横綱の入選率は、なんと五割を超えていることになる。

蒙御免　平成13年番傘川柳本社句会番付表
（註 数字は年間入選句数）
参加者259名　行司 物種唯修　作成 上野楽生

東			西		
横綱	前田　咲二	80句	横綱	森中恵美子	77句
大関	中島　正次	52句	大関	小西　幹斉	52句
関脇	玉利三重子	51句	関脇	吉道航太郎	51句
小結	長江　時子	48句	小結	中田たつお	43句

右は先生が川柳の〈（東の）横綱〉と称えられた所以《ゆえん》、ご参考まで。ほか多くの大会で圧倒的な結果を残しておられる。

次は、平成二十九年十二月号瓦版誌に載った前田先生への弔吟から五句。

咲二師の格調語る公会堂　新家　完司
憂国の志士ばっさりと時事を斬る　吉田わたる
咲二消え喉の渇きが止まらない　菱木　誠
背中から慈父の温もり句会場　松浦　英夫
太陽が沈む音無き音立てて　嶋澤喜八郎

優しい先生だった。目がお悪かったので、いつも京阪淀屋橋駅から寝屋川市駅まで送らせていただいた。駅前のスーパーでの買い物にお付き合いすることもあった。カートを押して買い物をされる先生は当然物価を知っておられ、そのことを時事川柳の作句や選に活かしておられた。頭脳明晰、達筆で名文をものされた。飄々としてよく冗談を言っておられたが、しっかり相手を見抜く一面もあった。日本通運の経理部長をさいごに退職されたと伺っているので、社会経験によるところもあるだろう。そのうえで黙って大目にみておられた。

生前どれほど活躍されても、年月とともにその名は忘れられてゆく。そのことを思えば、遺句集をなるべく早い時期に出さないことにはいたたまれなかったのである。柳誌も遅かれ早かれ散逸する。いま遺せば、のちにこの一冊をよすがに川柳の〈横綱〉の全体像に迫ってくれる研究者も出てくるかもしれない。とにかく作品を遺さねばと思ったのである。本書出版にご協力いただいた荻野浩子氏ほか柳友の皆様、新葉館出版の松岡恭子氏には心からの感謝を申し上げたい。

令和元年九月七日

たむらあきこ

【監修者略歴】

たむらあきこ（たむら・あきこ）

1951 年　和歌山県和歌山市に生まれる。
1999 年　「番傘川柳つくし会」にて川柳を始める。
2007 年　「川柳瓦版の会」に入る。翌年、編集同人。
2017 年　「川柳瓦版の会」退会、以後フリー。全国各地の句会大会出席のほか、国内外を吟行中。

---

22 年度、23 年度、25 年度、26 年度「咲くやこの花賞」（永久選者）、第 33 回国民文化祭・おおいた 2018 にて文部科学大臣賞、「蟹の目大賞」、「光太夫賞」ほか受賞多数。
著書に『たむらあきこ川柳集 2010 年』、『たむらあきこ千句』、『川柳作家ベストコレクションたむらあきこ』。

現住所　〒 640-8007　和歌山県和歌山市元寺町西ノ丁 7-405
メールアドレス　akikotti2015@yahoo.co.jp
ブログ　https://shinyokan.jp/senryu-blogs/akiko/

川柳ベストコレクション
前田咲二の川柳と独白

○

2020年 4 月 7 日　初　版

監　修
たむらあきこ

発行人
松　岡　恭　子

発行所
新　葉　館　出　版
大阪市東成区玉津1丁目9-16 4F　〒537-0023
TEL06-4259-3777㈹　FAX06-4259-3888
https://shinyokan.jp/

○

定価はカバーに表示してあります。
©Tamura Akiko Printed in Japan 2020
無断転載・複製を禁じます。
ISBN978-4-86044-001-5